10 histoires fantastiques

Contes et +
comptines • devinettes • activités

10 histoires fantastiques

FLEURUS
www.editionsfleurus.com

Sommaire

Le lutin sur la falaise 6
DE CHRISTIAN OSTER, ILLUSTRÉ PAR MARIANNE DUPUY-SAUZE
Comptines 18
Devinettes 20
Activités 22

Double Pointe, la licorne à deux cornes 24
DE JULIETTE SAUMANDE, ILLUSTRÉ PAR PHILIPPE BUCAMP
Comptines 36
Devinettes 38
Activités 40

Drôle de nymphe ! 42
DE STÉPHANIE TESSON, ILLUSTRÉ PAR GWEN KERAVAL
Comptines 54
Devinettes 56
Activités 58

Léon le dragon qui ne sentait pas bon 60
DE CLOTILDE CACHEUX, ILLUSTRÉ PAR VALÉRIE REVOL
Comptines 72
Devinettes 74
Activités 76

Formibarbe le barbu 78
DE JULIETTE SAUMANDE, ILLUSTRÉ PAR THIERRY LAVAL
Comptines 90
Devinettes 92
Activités 94

Sommaire

Les fées qui n'avaient rien à faire — 96

DE CHRISTIAN OSTER, ILLUSTRÉ PAR DOROTHÉE JOST

Comptines — 108
Devinettes — 110
Activités — 112

Bout de chou, tête de chou ! — 114

DE CLOTILDE CACHEUX, ILLUSTRÉ PAR CHRISTOPHE BONCENS

Comptines — 126
Devinettes — 128
Activités — 130

Zébo, le zèbre — 132

DE BÉATRICE VIAL-COLLET, ILLUSTRÉ PAR FLORIANE VACHER

Comptines — 144
Devinettes — 146
Activités — 148

Le bout du nez du sphinx — 150

DE NATHALIE FILLION, ILLUSTRÉ SANDY MOUREAU

Comptines — 162
Devinettes — 164
Activités — 166

Un troll en ville — 168

DE STÉPHANIE TESSON, ILLUSTRÉ PAR ALEXIS NESME

Comptines — 180
Devinettes — 182
Activités — 184

Petits conseils pour les activités — 186

Patrons — 188

CHRISTIAN OSTER

Le lutin sur la falaise

ILLUSTRÉ PAR MARIANNE DUPUY-SAUZE

C'était un lutin pas très malin.
Par exemple, quand il prenait son café, le matin, il se brûlait les mains.
Quand il sortait de son terrier, il se tordait un pied.

C'était un lutin avec des pansements partout.
Il était très copain avec le pharmacien.
Un jour, il se fendit même le crâne en se donnant un coup de peigne.

– Attention à toi !
lui dit la fée de la forêt.
Ou tu vas finir en morceaux.

– Pas de problème ! fit le lutin.
Ce matin, je vais seulement
me jeter du haut de la falaise
pour voir si je peux voler.

– Ah bon ! répondit la fée.

Elle était rassurée.
Ou peut-être distraite.
Ou peut-être **idiote.**

Le lutin s'en alla et gagna le bord de la falaise.
La forêt s'arrêtait là. Le lutin se pencha. Sans hésiter, il sauta.
Tout le monde, bien sûr, eut très peur.
Les coccinelles tremblèrent, les renards frémirent,
les tortues hurlèrent de terreur. Un papillon se lamenta :
– Ah, ce lutin !
Il nous fera tous mourir de frayeur !

Et tous les animaux se penchèrent
aussitôt au bord de la falaise.

– Hello ! fit le lutin.
Il était perché sur les épaules d'un géant.
Tout le monde, évidemment, était soulagé,
car tout le monde aimait bien le lutin.
Pour une fois, il avait eu de la chance.
Mais le géant, lui, faisait peur.

Très peur.

En l'apercevant, les lièvres détalèrent,
les escargots transpirèrent, les faons fuirent.

La fée consulta le bottin de la forêt.
– Ce géant n'existe pas, dit-elle
pour rassurer tout le monde.
Il n'est pas dans le bottin de la forêt.
Ce n'est qu'une vision.
Nous n'avons qu'à nous en débarrasser.

Elle sortit sa baguette.
– **Pfuitt !** fit-elle.
Et le géant disparut.

Les animaux respirèrent.
Mais le lutin, lui, tomba.
Il n'avait plus les épaules
du géant pour le soutenir.

Le lutin n'était peut-être
pas très malin, mais la fée,
c'est certain, était idiote.
Elle aurait dû croire au géant.
Il était arrivé là le matin même
pour empêcher la falaise de s'écrouler.
C'était un bon géant, dont le métier
était de soutenir les falaises en danger.

Et, à présent, toutes les créatures de la forêt,
qui s'étaient penchées au bord de la falaise,
n'avaient plus rien sous leurs pieds.
Elles tombaient toutes dans la mer.

– **Au secours !** criait un escargot à la voix stridente.
– **À moi !** se lamentait un renard.

– Quelle idiote je fais ! gémissait la fée.
Et elle agitait sa baguette pour essayer de la transformer en parachute.
Mais ça ne marchait pas.
Elle n'était pas assez concentrée.

Tout le monde, heureusement, savait nager.
À part les escargots.
Le lutin pas très malin
en sauva **quatre-vingt-un.**
Le renard en sauva
un milliard.

Mais il n'y avait plus de falaise pour remonter dans la forêt.
Le lutin pas très malin se creusa la tête.
La fée pas si futée flottait, à côté de lui, sur sa baguette.

– Fais revenir le géant, lui dit le lutin. Puisqu'il existe vraiment, ça ne devrait pas être très difficile.

Et la fée prononça une formule en agitant sa baguette.

Comme elle ne flottait plus dessus,
elle faillit se noyer,
mais le géant réapparut à temps.
Alors, tout le monde
s'agrippa à son pantalon,
et c'est ainsi que
l'on regagna la forêt.

Il n'y avait plus de falaise,
mais ce n'était pas trop grave,
le géant la remplaçait, maintenant.
Et c'était très agréable,
du haut de ses épaules,
de contempler la mer.

Tombe, tombe le lutin

Il était un lutin
Pas très malin
Un casse-cou
Un peu fou.

Et que je saute partout
Et que je tombe dans un trou.
Et si je me tords la main
Ça ira mieux demain !

Ah ! le pauvre lutin
Il a la tête en l'air
Il trébuche contre une pierre
Se cogne dans un sapin.

Il a des pansements sur tout le corps
Mais il en demande encore
Toujours très à l'aise
Quand il tombe d'une falaise.

Voilà, c'est son destin
Tombe, tombe le lutin
Quand tout le monde va bien
Il se casse les reins.

Mais tout cela n'est rien
Ce n'est qu'une histoire
Tombée d'une armoire
De la poudre de perlimpinpin.

Une course
se prépare dans la forêt.

Mais qui va gagner ?

Ce matin,
le lutin a trébuché
sur son chemin,
mais sa maman l'a bien soigné.

Compte le nombre de pansements.

Réponses :
- Le renard.
- Il en a 8 : 4 sur la tête,
3 sur les mains
et 1 sur la jambe.

Saperlipopette !
La fée est tellement distraite
qu'elle a encore perdu
sa baguette !

Peux-tu l'aider à la retrouver ?

L'ogre n'est pas
inscrit sur le bottin de la fée.
Mais il n'est pas le seul…

Quel animal ne vit pas dans la forêt ?

Réponses :
- Elle est cachée à droite, derrière un buisson.
- Le cochon.

Lutin clochette

Matériel

• pot en terre de 5,5 cm de diamètre • peinture • pinceau • pâtes Fimo de couleur • feutre marron fin • 50 cm de fil rouge métallique • ciseaux • calque • crayon • papier violet • colle blanche • grelot de 2,5 cm de diamètre

(voir patrons page 189)

1 Peins le pot en violet. Laisse sécher, puis ajoute les détails.

2 Forme une boule de pâte pour la tête. Aplatis-la. Modèle les oreilles et le nez, les joues et la bouche. Fixe-les. Fais deux trous au feutre pour les yeux.

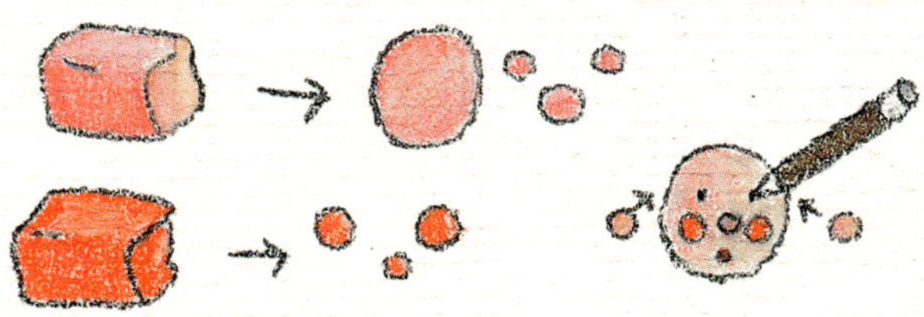

3 Coupe le fil en deux. Passe un fil à travers la tête, puis retire-le. Demande à un adulte de cuire le lutin au four 10 min à 130 °C. Laisse refroidir.

4 Sur le papier, décalque et reporte les patrons du chapeau, des bras et des chaussons. Découpe-les.

5 Peins les mains. Laisse sécher. Forme le cône du chapeau et colle-le.

6 Noue un fil au grelot. Attache l'autre fil pour former les jambes. Passe le premier fil dans le pot et fais un nœud. Repasse le fil à travers la tête.

7 Fixe le chapeau et termine par un dernier nœud. Dessine la mèche de cheveux. Colle les bras et les chaussons.

JULIETTE SAUMANDE

Double Pointe, la licorne à deux cornes

ILLUSTRÉ PAR PHILIPPE BUCAMP

Double Pointe est une licorne pas comme les autres.
Elle a deux grands yeux, un grand nez, une grande bouche :
jusque-là tout est normal, rien de louche.
Elle a une longue queue, de longs crins et des jambes athlétiques :
pas de panique, c'est typique.
Oui, mais il y a quelque chose qui cloche :
elle a deux cornes sur la caboche !

Évidemment, tout le monde se moque :
– C'est pas beau, c'est ringard, c'est du toc.

Double Pointe n'est pas contente.
Elle pleure, elle se lamente :
« Ah ! si je n'avais qu'une corne,
je serais une vraie licorne !
Mais avec ce duo,
tout le monde m'appelle Rhino ! »

Double Pointe a tout essayé, même de cacher une corne : un pot de fleur, un chapeau, un plumeau, un seau à glace, tout y passe ! Elle voudrait l'arracher, la scier, la découper. Mais la seconde corne est là, et elle y restera.

Alors, un jour, Double Pointe s'en va : elle quitte sa maman, son papa, et tous ceux qui la traitent de rhinocéros.
Arrivée près d'une rivière, elle voit un cheval qui se roule par terre.
Double Pointe, doucement, s'approche. « Qu'est-ce qu'il est moche ! Sans corne au front, c'est un vrai laideron ! »

Le cheval l'a vue et se lève avec peine.
– Oh ! Quelle aubaine ! Dis-moi, chère licorne, à quoi te servent tes deux cornes ?
Double Pointe rougit. « Et voilà, se dit-elle, ce rigolo va me traiter de rhino. »

Mais elle a tout faux ! Le cheval se présente :
– Je m'appelle Carpate et, depuis toujours,
j'ai le dos qui me gratte. Ça me pique, c'est tragique !
– Et alors ? demande Double Pointe.
– Alors, je me roule dans la boue.
Je deviens moche comme une gargouille,
et toujours, ça me gratouille...

Double Pointe demande :

– Dis-moi, Carpate, je vois bien que mes deux cornes t'épatent. Mais qu'est-ce que ça peut te faire que je te dise à quoi elles me servent ?

– Eh bien, avec deux cornes comme ça, tu dois pouvoir en faire des trucs rigolos ! Tu dois pouvoir en gratter des dos ! Et si tu voulais me gratter où ça me gratte, je serais ton ami à jamais, foi de Carpate !

– Un ami sans corne ? Très peu pour moi !
Je ne traîne pas avec ceux qui ont le front plat !

Et sur ces mots, elle s'en va. Un peu plus loin, elle rencontre deux éléphants.
Ils sont gros, ils sont grands et, c'est comique,
ils sont emmêlés dans un élastique !

– Petite licorne, rends-toi utile et aide-nous à tendre ce fil.
Toi ici et toi là, et je pourrais sauter, youpla !
Mais Double Pointe n'est pas d'accord : tenir l'élastique
pour des types dont les défenses rebiquent !
Et puis quoi encore ?

Sur quoi, elle s'en va. Encore plus loin, elle aperçoit trois boucs.
Ils ont de grandes cornes torsadées et sont assis (mais oui !) devant la télé.
– Petite licorne, sois bonne. Notre antenne est cassée, peux-tu la remplacer ?
Équipée comme tu es, avec tes deux cornes sur la tête,
tu dois capter la télé aussi bien qu'un rhino !
– Oh !
Double Pointe se sent devenir féroce : on l'a encore traitée de rhinocéros !
Et qui a osé ? Des boucs aux cornes tarabiscotées !

Alors elle s'en va encore.
Toujours plus loin, elle rencontre une vieille fée qui tricote.
– Tiens ! une licorne à deux cornes ! On dirait un rhino !
Tu veux bien tenir ma pelote pendant que je tricote ?
Cette fois, c'en est trop. Double Pointe explose :

– JE NE SUIS PAS UN RHINO !

Moi, je veux être une vraie licorne avec une seule corne !
Si tu es une vraie fée, aide-moi, et plus vite que ça !

La fée est épatée.
– Mademoiselle la licorne, tu dépasses les bornes !
Aujourd'hui, qui as-tu aidé ?
Ta seconde corne est là et elle y restera, na !
Et d'un coup de baguette magique, elle transforme
Double Pointe en **rhinocéros d'Afrique** !

Tricot magique

Je suis la fée qui tricote.
De mes aiguilles magiques
Je fais des choses fantastiques !

Vous voulez des cheveux verts ?
Une maille à l'envers
Une maille à l'endroit
Et voilà !

Vous aimeriez voler ?
Une maille sur le côté
Une maille de l'autre côté
Ça y est !

Vous préférez une belle culotte ?
Pas besoin de magie.
Je vous la tricote.
Et voili !

Comment la jument devint licorne

Un jour sur un marché
Une jument coquette
Faisait des emplettes.
Un vendeur se met à crier.

Qui veut une corne, une belle corne ?
Non merci ! dit la jument.
Elle est bien trop énorme !

Une corne pour creuser, pour gratter ?
Pour quoi faire ? dit la jument.
J'ai mes sabots, c'est bien assez !

Pour faire joli, pour décorer ?
Tiens, tiens, dit la jument.
Si je me laissais tenter...
Et c'est ainsi que la jument
Devint licorne en un instant !

Double Pointe
fait un rêve magnifique
dans lequel toutes les licornes
ont deux cornes.
Sauf une !

La vois-tu ?

Double Pointe
voudrait bien cacher
l'une de ses cornes.

Quels objets peut-elle utiliser ?

Réponses :
- C'est la licorne blanche, à la crinière noire.
- Le sac, le chapeau, le carton et le pot.

Tous les fils de laine se sont emmêlés.

Aide la vieille fée à retrouver la bonne pelote.

Le soleil farceur a mélangé les ombres des licornes.

Redonne son ombre à chaque licorne.

Réponses :
- La bonne pelote est celle de droite.
- 1re licorne : 3e ombre, 2e licorne : 1re ombre, 3e licorne : 2e ombre.

Double Pointe en mousse

Matériel

• calque • crayon • mousses de couleur • ciseaux ronds et pointus • colle blanche • yeux mobiles (voir patrons page 191)

1 Décalque et reporte les patrons de la licorne sur la mousse. Découpe-les. Colle les jambes derrière le corps.

2 Dessine un socle vert clair et un autre, plus petit, vert foncé. Découpe-les et colle-les l'un sur l'autre.

3 Décalque et reporte les patrons de la queue, de la crinière et des cornes. Découpe-les. Coupe aussi une joue, un nœud, des ronds et des rectangles.

4 Colle tous ces éléments sur la licorne, puis fixe les yeux.

5 Place ta licorne au milieu du socle et marque l'emplacement des jambes en les écartant un peu.

6 Demande à un adulte de faire des fentes avec des ciseaux. Encolle, puis enfonce les jambes dans le socle.

STÉPHANIE TESSON

Drôle de nymphe !

ILLUSTRÉ PAR GWEN KERAVAL

– J'en ai assez, assez, assez !

– Qu'est-ce qui se passe, Dodine ?

– Devinez, madame Fourmi !

La fourmi ne devine pas...

– On m'a encore traitée d'hippopotame !

Pauvre Dodine !

Il est vrai que,
pour une nymphe,
peser plus de trois kilogrammes
pose un vrai problème.
Car une nymphe,
c'est fin comme une tige.
C'est léger comme un souffle.
C'est plus frêle qu'une bulle.

En tout cas, voilà comment se voient
les nymphes de la source d'Aqua Alta.
Du matin au soir, elles contemplent leurs reflets.

– N'est-ce pas que je suis plus jolie qu'hier ?
– Tu vas faire rougir le soleil !
– Ohé ! les amies, regardez mon gracieux plongeon !

Comment Dodine pourrait-elle partager leurs jeux ?
Elle qui est si grassouillette !
Lorsqu'elle veut suivre ses compagnes dans leurs courses jusqu'à la source, elle trébuche et se met à rouler, rouler...
Et plouf ! elle tombe dans l'eau claire...
– Quelle idiote ! Elle nous a toutes éclaboussées !

Alors Dodine s'en va confier son chagrin
sous les fougères qui la protègent de leurs feuilles.
Et madame Fourmi la console, les pattes chargées
de sucs et de baies délicates.

Dodue Dodine
Déjeune et dîne
Dodine dodue
Jamais repue !

Ses compagnes se moquent de sa gloutonnerie...
Puisque c'est comme ça, Dodine n'avalera plus rien, voilà !
Bouche cousue. Au régime !
- Même pas une petite bille de pollen ?
- Non merci, madame Fourmi.

Et Dodine s'en va confier son chagrin à la source.
– Dis-moi, mon reflet, est-ce que je ressemble vraiment à un hippopotame ?
– Non, répond le reflet, mais tu ne ressembles pas
non plus vraiment à une nymphe...

Ploc ! une goutte ! Que suis-je ?
Plic ! une autre ! Qui suis-je ?
Plouc ! Plac ! Pluc ! une averse de gouttes... **Déluge !**

– Au secours ! Au secours !
D'où viennent ces cris ?
On dirait... Mais oui !
Ce sont les petites nymphes qui s'affolent.
La source d'Aqua Alta, toute gonflée d'eau de pluie,
menace de sortir de son lit. .
– Le courant nous emporte ! **À l'aide !**

Ni une, ni deux, Dodine se jette à l'eau !
Cette fois, personne ne la traite d'hippopotame... bien au contraire !
– Accrochez-vous à moi, les amies !

Trop heureuses de trouver une bouée de sauvetage,
toutes les nymphes s'agglutinent sur le ventre de Dodine...
Ouf !
On dirait un bateau secoué par la tempête.
Un courageux bateau qui sait braver les flots.

– Terre ! Terre !
Dodine et tout son équipage accostent sur le rivage.
– Bravo Dodine ! Tu nous as sauvé la vie !
Réfugiée sur une branche, madame Fourmi applaudit.
La pluie s'est enfin arrêtée.
Et la source d'Aqua Alta est rentrée dans son lit.

Au son de son doux clapotis,
toutes les nymphes fêtent Dodine.
Noisettes fourrées à la résine.
Sorbets à la fleur d'aubépine.
Petits sablés aux pousses de racines,
accompagnés de rosée parfumée...

– Stop ! dit Dodine.
Plus une bouchée !
Je veux être toute fine pour vous ressembler.
– Mais Dodine... Tu n'es pas une nymphe, tu es une petite fille !
Une petite fille des bois si belle que l'on t'a prise avec nous.

Une petite fille des bois ?

– Et si tu ne manges pas, tu vas rétrécir, rétrécir...
et devenir aussi minuscule que moi.
– Bien dit, madame Fourmi !
– Et lors du prochain orage, qui nous sauvera du naufrage ?

Rassurée, Dodine dévore à belles dents une tartine
aux fraises des bois, qu'assaisonne le soleil.
Autour d'elle, toutes les petites nymphes grignotent ses miettes.

Mon ami le reflet

Mon reflet
C'est un ami
Je lui plais
Il me sourit...

Alors pour l'imiter
Je lui souris aussi
Je veux lui ressembler
Durant toute ma vie !

Il est si joli
Si parfait
J'l'aime à la folie
Mon reflet !

Trois nymphes

Nymphe fluette
Jolie nymphette
Cours et danse sur la mousse
Le soleil est à tes trousses !

Nymphe coquette
Folle nymphette
Plonge et nage dans l'eau claire
Le bonheur flotte dans l'air !

Nymphe replète
Belle nymphette
Dévore la vie à belles dents
Nous en ferons tous autant !

Pauvre Dodine !

On la traite toujours...

Aide madame Fourmi à trouver son chemin pour apporter son repas à la reine des fourmis.

Réponses :

- D'hippopotame !
- 2 fois à droite, 2 fois à gauche, puis à droite.

Mmm !
quels bonbons délicieux !

Combien vois-tu de sucettes et de bonbons ?

Dodine est tombée dans l'eau !

Remets les images dans le bon ordre.

Réponses :

- 6 sucettes et 8 bonbons.
- 3e, 1re et 2e image.

Puzzle de Dodine

Matériel

• pâte autodurcissante • rouleau à pâtisserie • carton • règle • crayon • ciseaux ronds et pointus • couteau à bout rond • calque • peinture • pinceau (voir patron page 191)

1 Étale une pâte d'environ 5 mm d'épaisseur avec le rouleau à pâtisserie.

2 Avec l'aide d'un adulte, coupe un rectangle de carton de 15 x 20 cm. Pose-le sur la pâte et coupe tout autour avec le couteau.

3 Retire le carton, puis coupe la pâte en deux dans la largeur, et en trois dans la hauteur. Laisse sécher.

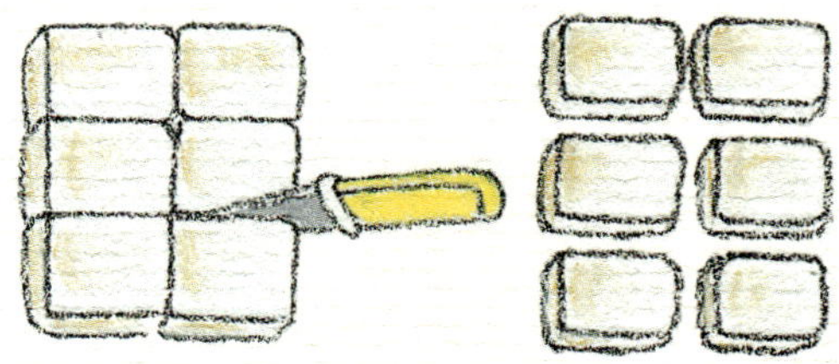

4 Décalque le patron et découpe-le. Rassemble les pièces, pose le patron dessus et trace son contour.

5 Aide-toi du patron pour dessiner les détails. Peins Dodine, puis le décor. N'oublie pas de peindre la tranche des pièces.

CLOTILDE CACHEUX

Léon le dragon qui ne sentait pas bon

ILLUSTRÉ PAR VALÉRIE REVOL

Dans la forêt sombre et profonde vit Léon le dragon.
Son corps est aussi vert que les arbres au printemps.
Sa peau est couverte de jolies pustules orangées.
Ses yeux globuleux sont d'un bleu plus luisant que celui de l'océan.
Vous l'avez compris : Léon est le plus mignon des dragons.
C'est aussi un excellent cracheur de feu.
Plus tard, il sera meilleur que son papa,
champion du monde des dragons cracheurs de feu.

Le seul problème avec Léon,

c'est qu'il ne sent vraiment pas bon.

Il a beau être mignon : il est fâché avec l'eau et le savon.
Savez-vous pourquoi ?
Un jour, la maîtresse a dit :
– Les enfants, retenez bien la leçon.
La seule chose qui éteint le feu, c'est l'eau.
Depuis, Léon refuse de se laver :
il a trop peur de ne plus pouvoir cracher.

Maman Dragon se creuse la tête pour l'obliger à se laver.
Elle lui promet une princesse bien grassouillette pour le déjeuner.
Elle lui permet de regarder Télé Dragon s'il accepte de se doucher.
Papa Dragon l'encourage :
– Léon, pour devenir le meilleur cracheur de feu du pays des dragons,
il faut te laver !

En plus d'être mignon, Léon est malin. Il dit à ses parents :
– D'accord, je vais me laver, mais ensuite je regarde la télé.

Il s'enferme dans la salle de bains.
Il laisse l'eau du bain couler
et, pendant ce temps,
il se dandine et se trémousse
devant la glace
en chantant les tubes
de la Dragon Academy.
Il termine en s'aspergeant
de parfum pour masquer
les mauvaises odeurs.

Mais, à force de refuser de se laver, Léon le plus mignon des dragons devient Léon le dragon qui ne sent pas bon. Il sent si mauvais qu'à l'école personne n'ose l'approcher. Pour lui parler, la maîtresse se bouche le nez. Elle lui demande même de suivre les leçons depuis la cour de récréation.

Heureusement, Nicole la dragonne lui tient compagnie pendant la récré.
Il faut dire qu'elle l'aime, son Léon !

Un jour pourtant, Nicole dit à Léon :
– C'est fini, je ne te parle plus tant que tu ne te seras pas lavé.

Elle s'éloigne sans se retourner.

De la cour de récréation, Léon a beau cracher du feu pour l'épater, elle fait mine d'écouter sagement la leçon et ne daigne même pas le regarder.

Léon a le cœur gros. Il court à la maison pour se faire consoler.
Mais là, Maman et Papa Dragon l'attendent devant la porte de la caverne :
– Tu t'es bien moqué de nous en laissant couler l'eau du bain.
Eh bien, ce soir, tu dors dehors : ça te rafraîchira les idées !
Et toc, Maman et Papa Dragon lui claquent la porte au nez !

La nuit est tombée sur la forêt
sombre et profonde.
Léon a froid, Léon a peur.
Soudain, un orage
déchire le ciel.
Pauvre Léon :
il est trempé.

Impossible de se mettre à l'abri : la porte de la caverne est fermée à clé. Pour se réchauffer, il tente de cracher du feu. Mais il ne parvient pas à produire la moindre étincelle.

– La maîtresse me l'a bien dit, l'eau éteint le feu, sanglote-t-il.

Au petit matin,
Maman Dragon ouvre la porte de la caverne.
– Mon pauvre chou, tu as pris froid.
Viens te réchauffer dans un bon bain !
– Non, non, non, hurle Léon.
Maman Dragon le voyant si décidé préfère
lui préparer un bon lit et des cachets.

Dring, la sonnette de la caverne retentit. C'est Nicole la dragonne.
– Bonjour Léon. J'ai appris que tu étais malade.
Je t'apporte un petit cadeau : une savonnette à la ciboulette.
Nicole envoie un timide baiser à son dragon préféré et prend congé.
De la cuisine, Maman Dragon crie à Léon :
– N'oublie pas de prendre tes cachets.

Léon est si fatigué
qu'il se trompe et avale
tout rond la savonnette
que Nicole lui a apportée !

Quand il revient à l'école,
Léon est terrorisé.
Depuis la nuit de l'orage,
il a peur de ne plus savoir cracher.

Aujourd'hui, il doit pourtant passer l'épreuve du feu.
Quand son tour arrive, il ouvre la bouche et là... Surpris
Il crache d'énormes bulles de feu.
Toute la classe, épatée, l'applaudit.

Léon se souvient alors de la savonnette à la ciboulette.
Il regarde tendrement Nicole et lui dit :
– Merci pour ton cadeau.

C'est décidé, désormais, je me doucherai
tous les jours avec ce savon magique.
Il envoie alors à Nicole une farandole
de bulles de feu en forme de cœurs.

La fête des dragons

Là-bas, derrière les nuages
Les dragons ne sont pas sages.
Ils ont un jeu bien à eux
Ils jouent à cracher du feu.
Ils ouvrent tout grand la bouche.
Ils retiennent bien leur souffle.
Chaud devant
Droit devant
Ils lâchent des étincelles.
Ils illuminent le ciel.
Attention les yeux
Attention les ailes, petits papillons !
C'est la grande fête des dragons
C'est la grande fête du feu !

Un parfum de ciboulette

Il était une dragonne
Que l'on appelait Nicole.
La belle aimait en secret
La belle aimait pour de vrai
Le plus mignon des dragons
Le dragon nommé Léon.
Mais ce dragon très mignon
Ce dragon nommé Léon
Avait horreur du savon
Donc il ne sentait pas bon !
Nicole la dragonnette
Lui offrit une savonnette
Au parfum de ciboulette
Et depuis ce jour-là
Na, na, ni, na, na, na
Léon aima faire sa toilette !

C'est décidé !
Léon va se laver,
car on s'amuse bien
dans le bain !

Combien de bulles vois-tu ?

Le petit frère
de Léon a la peau
jaune, les yeux verts
et des pustules bleues.

Le reconnais-tu ?

Réponses :
- 8 bulles de savon.
- Son petit frère est le 1er.

Vrai ou faux ?

- L'eau n'éteint pas le feu.
- On peut voir des dragons au zoo.
- Les orages s'allument avec des allumettes.
- On peut faire des bulles avec le savon.

Nicole a offert à son ami Léon des savons parfumés à l'orange, à la fraise et au citron.

Saurais-tu les reconnaître ?

Réponses :
- Faux, faux, faux, vrai.
- Le 1er savon est parfumé à la fraise, le 2e, à l'orange, et le 3e, au citron.

Dra'gant

Matériel

• ciseaux ronds et pointus • 2 gants verts et 1 orange • feutre noir fin • colle blanche • feutrines de couleur • fil de coton jaune

(voir patrons page 189)

1 Photocopie les patrons de la tête, des bras, des pieds et de la queue de Léon. Découpe-les.

2 Ouvre un gant vert en deux. Pose les patrons dessus et trace leurs contours au feutre. Découpe-les dans le gant avec l'aide d'un adulte.

3 Sur le second gant vert, colle une forme de tête et les bras. Colle les pieds à l'intérieur et la queue derrière. Laisse sécher.

4 Dans le gant orange ouvert en deux, coupe des ronds, des petits triangles ainsi qu'un grand. Colle-les sur le corps.

5 Coupe les dents et la langue dans la feutrine, et trois fils de coton. Colle ces éléments, puis l'autre forme de tête par-dessus.

6 Ajoute les yeux et les narines découpés dans la feutrine. Dessine les pupilles au feutre.

JULIETTE SAUMANDE

Formibarbe le barbu

ILLUSTRÉ PAR THIERRY LAVAL

Chez les ogres du pays des ogres, le plus important, c'est la barbe. Une belle barbe, bien fournie, bien peignée, ça force le respect des ogres. Tous les ans, les ogres organisent un concours de barbe pour choisir leur chef ; et, tous les ans, c'est Formibarbe qui gagne.

Mais cette année, Formibarbe est embêté : il perd ses poils de barbe ! Il peigne sa barbe, il la coiffe, il la brosse, rien à faire ! L'ogre se désespère. Il regarde les autres ogres : Barbichu, Forenbarbe, Grobarbu ; et Formibarbe se dit : « Pour le concours, c'est fichu ! »

Devant le miroir de sa salle de bains,
tous les jours, il compte
ses poils de barbe.

Et, tous les jours, il demande :
– Miroir, mon beau miroir,
dis-moi qui est le plus barbu.
Mais le miroir ne répond pas.

Le grand concours approche et Formibarbe a le menton de moins en moins poilu.

– La barbe ! s'écrie-t-il un matin. Je dois en parler à quelqu'un.

Mais à qui ?

Impossible d'aller voir les autres ogres, ils se moqueraient de lui et l'appelleraient Papoilu !

Formibarbe cherche et cherche,
il se gratte le menton,
il se gratte la tête,
mais rien ne vient.

« Bon sang, mais c'est bien sûr !
Il faut aller chez Poildur !
C'est un docteur, c'est un sorcier et c'est un troll,
il doit bien servir à quelque chose, ma parole ! »

Et voilà Formibarbe parti,
à travers la campagne,
par-delà la forêt,
par-dessus la montagne.
Il marche pendant
tout un jour pour
aller voir Poildur.
Enfin, il arrive.

L'ogre regarde le troll,
et le troll regarde l'ogre.
– Tu as une sale tête, dit Poildur,
et ta barbe ressemble
à **une carpette !**

Formibarbe devient tout rouge.
Un petit troll tout moche
qui critique sa barbe, vraiment,
ça le défrise !
– Dis donc, serpillière,
si tu continues comme ça,
tu finiras au fond
de mon estomac !

– Et toi, répond le troll,
si tu continues comme ci,
tu seras aussi barbu
qu'un salsifis !
Et toc !

Le troll regarde Formibarbe sous toutes les coutures :
sur le menton, sous le menton, les joues,
les narines, tout y passe.

– C'est très simple, explique Poildur, c'est un problème
d'a-li-men-ta-tion.
Est-ce que tu manges plutôt des petites filles
ou plutôt des petits garçons ?
– Des garçons, c'est plus croquant.
– Je le savais ! Tu devrais manger plus de fillettes.
Leurs tresses et leurs couettes font pousser les poils de barbe.
Alors voilà, je te prescris un changement de régime.
– Un changement de régime !
Formibarbe n'a pas le temps : le concours est dans deux jours !
– Dans ce cas, reviens demain, lui dit Poildur.
Je trouverai bien un moyen.

Le lendemain, Formibarbe retourne voir le troll.

– Je sais comment te faire redevenir barbu ! C'est très facile, il suffit que tu boives une potion que je préparerai si tu peux m'apporter un ingrédient indispensable.

Formibarbe reprend espoir : il retrouvera sa barbe dès ce soir !

– Cet ingrédient, continue Poildur, est un cheveu de Passympa, un dragon qui habite très loin d'ici.

– Un dragon, c'est une blague ?

Je n'ai pas le temps d'aller très loin, et je n'ai pas envie d'aller me faire roussir le poil pour une barbe. Plutôt être Papoilu que Tougrillé !

Formibarbe est coincé : le concours est demain, que peut-il bien faire ? Il cherche et cherche, il se gratte le menton, il se gratte la tête, mais rien ne vient.

L'ogre regarde le troll, et le troll regarde l'ogre.
L'ogre regarde le troll, et il le trouve petit et moche,
et il le trouve drôlement poilu. Bon sang, mais bien entendu !
– Dis donc Poildur, qu'est-ce que tu fais demain ?

Et paf ! Formibarbe attrape le troll,
l'assomme d'un grand coup sur la tête.
Il le roule en boule et le fourre dans sa barbe.
Épatant ! Elle est encore mieux qu'avant !

Quand Poildur se réveille, ils sont déjà bien loin, par-dessus la montagne, par-delà la forêt, à travers la campagne.

– Mais qu'est-ce que je fais là, moi ?

– Toi, tu es sage ! Car tu n'es pas loin de ma bouche, et, de là, de mon estomac !

Et voilà comment Formibarbe gagna cette année-là encore le grand concours, au nez et à la barbe de Barbichu, Forenbarbe et Grobarbu.

Bisous de barbe

La fiancée de Formibarbe
Adore les bisous de barbe
Parce qu'ils font
Gratte-gratte dans le cou
Pique-pique sur les joues.
Mais Formibarbe n'est plus poilu !
Sa fiancée est très déçue
Car ses bisous font
Tout doux dans le cou
Tout doux sur les joues.
Maintenant Poildur est là
Et la fiancée n'aime pas ça.
Ah non !
Ce n'est pas drôle.
Je déteste les bisous de troll !

Formibarbe arrive en ville

Formibarbe arrive en ville.
Mais pourquoi ? Que veut-il ?

Vient-il manger les p'tites filles ?
Pas envie, pas aujourd'hui.

Vient-il manger les garçons ?
Non, il en a à la maison.

Vient-il manger les parents ?
Non, pas ça, ils sont trop grands !

Au secours ! Au secours !
C'est la panique ! C'est l'horreur !
Formibarbe, que veux-tu ?
Moi ? Je cherche un coiffeur !

Poildur a fabriqué
un drôle de déguisement
pour Formibarbe.

Quels animaux l'ont inspiré ?

Réunion
d'ogres au sommet…
Mais attention !
Des moustachus
se sont glissés parmi eux :
ce sont de faux ogres.

Démasque-les.

Réponses :
- Un éléphant, un lapin, une vache et un crocodile.
- En partant de la gauche : le 2e et le 4e ogre.

Formibarbe
se prépare pour le concours.
Il se regarde dans le miroir,
mais son reflet n'est pas fidèle.

Trouve les quatre différences.

Certains
animaux ont des poils,
d'autres des plumes.

Lesquels ?

Réponses :
- Les cheveux, la barbe, le col et le bas du vêtement.
- Le coq, la chouette et le flamant rose : des plumes ; le lapin, la vache et le chien : des poils.

Formibarbe perd la tête...

Matériel

• pâte autodurcissante • cure-dents • couteau à bout rond • colle blanche • pinceau • peinture

1 Avec la pâte, forme une grosse boule pour le corps. Fais des trous à l'aide d'un cure-dent à l'emplacement de la tête, des bras et des jambes.

2 Sans attendre, modèle des petites boules. Aplatis-les et coupe-les en deux avec le couteau. Colle-les autour du corps. Laisse sécher.

3 Forme des boudins pour les bras et les jambes. Modèle les mains et les pieds, puis colle-les.

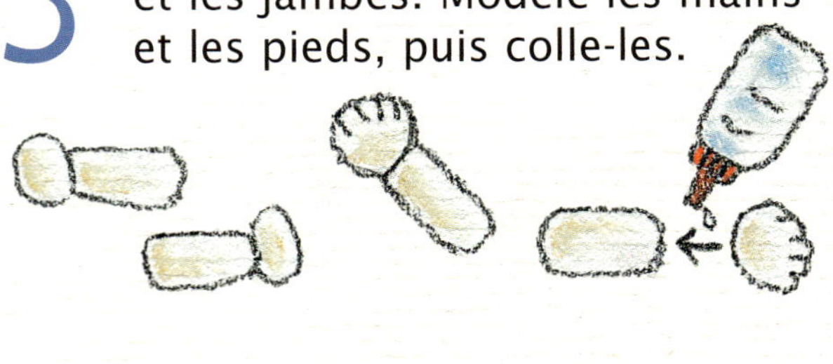

4 Coupe en deux des cure-dents. Encolle-les et enfonce-les dans les bras et les jambes. Laisse dépasser une extrémité pour pouvoir assembler l'ogre. Laisse sécher.

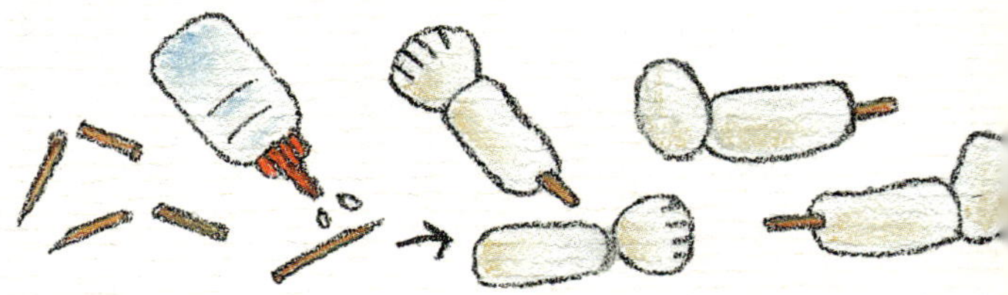

5 Forme une boule pour la tête, puis modèle le nez, les cheveux et la barbe. Colle-les. Lisse avec un pinceau trempé dans l'eau.

6 Enfonce un cure-dent encollé dans la tête. Laisse sécher. Peins l'ogre. Laisse sécher.

CHRISTIAN OSTER

Les fées qui n'avaient rien à faire

ILLUSTRÉ PAR DOROTHÉE JOST

C'étaient trois fées qui ne faisaient rien. **Ou presque.** Elles n'avaient pas de baguettes, parce qu'elles n'avaient pas l'occasion de s'en servir.

La fée Follette, pour s'occuper, comptait quand même les nuages. Quand elle en voyait un, elle mettait une croix dans un petit carnet.

La fée Fillette, la plus jeune, s'était installée au bord de l'étang pour compter les grenouilles. Quand une grenouille sautait, elle mettait aussi une croix dans un petit carnet.

Quant à la fée Falote, elle se contentait de les regarder faire.
C'est-à-dire ne rien faire. Ou presque.
Il est vrai que, dans ce pays, personne n'avait besoin d'elles.
C'était un pays parfait.
Tout le monde y était heureux.

Sauf les trois fées.
**En vérité,
elles s'ennuyaient.**

Alors, la fée Follette fit exprès de se tromper.
Quand elle voyait trois nuages,
elle en comptait six.
Quand elle en voyait six,
elle en comptait douze.
Et comme c'était une fée,
à chaque croix, un nuage paraissait.

C'est ainsi qu'on ne vit plus du tout le soleil.
Et qu'il plut.
Ce fut extrêmement triste.

La fée Fillette fit de même avec les grenouilles. Après le ciel couvert de nuages, ce fut l'étang qui se couvrit de grenouilles.

Leurs coassements s'élevèrent jusqu'au ciel obscurci. Les oiseaux essayèrent de se boucher les oreilles. Mais, comme ils n'avaient pas de bras pour le faire, ils allèrent voir la fée Falote...

– La fée Fillette nous assourdit
avec ses grenouilles,
lui expliqua un corbeau.
Puisque tu ne fais rien du tout,
tu pourrais peut-être nous aider.

Mais la fée Falote, à force de ne rien faire,
était devenue fainéante.
– Je ne sais pas quoi faire, répondit-elle.
– Réfléchis ! protesta le corbeau.

La fée Falote, vexée, se mit à réfléchir.
Elle ne trouvait rien. En attendant,
comme elle se creusait la tête, elle n'était plus oisive
Mais ça n'aidait pas les oiseaux.

Le corbeau alla voir la fée Fillette.

– **La fée Falote est nulle,** déclara-t-il. Elle ne sait pas comment faire pour qu'on se bouche les oreilles. Arrête de multiplier les grenouilles, ça réglerait le problème.

– **Je ne peux pas,** lui répondit la fée Fillette. Ce qu'une fée fait, seule une autre fée peut le défaire. **Va donc voir la fée Follette.**

Le corbeau alla voir la fée Follette, qui continuait de compter ses nuages.
Elle mettait des croix et des croix dans son carnet.
Et le ciel était embarrassé de tous ces nuages.
Il n'avait jamais été aussi gris.

– La fée Fillette nous casse les oreilles
avec ces grenouilles qui coassent, croassa le corbeau.
Peux-tu faire quelque chose ?
– Pas la peine de croasser comme ça,
je ne suis pas sourde, lui répondit la fée Follette.
Je vais voir ce que je peux faire.

Et elle se rendit au bord de l'étang,
où la fée Fillette continuait
de multiplier les grenouilles.
La fée Follette tendit vers l'étang
son crayon et les grenouilles disparurent.
Les oiseaux, là-haut, retrouvèrent le silence.

Mais le travail n'était pas fini. Comme seule une autre fée peut défaire ce qu'une autre a fait, la fée Follette demanda à la fée Fillette de faire la même chose avec les nuages.

Et la fée Fillette leva son crayon vers le ciel, et tous les nuages disparurent.
Il fit de nouveau beau.

Tous les oiseaux étaient heureux.
Or, quand les oiseaux sont heureux,
tout le monde l'est.
Même les fées, qui, après la pluie,
faisaient le beau temps.

Sauf la fée Falote, qui n'avait toujours rien fait.
Elle réfléchissait encore à un moyen pour
que les oiseaux se bouchent les oreilles.

C'est ainsi que, des trois fées,
c'est elle qui eut le plus de travail.
Car elle ne trouva jamais la solution,
et ça l'occupa toute sa vie.

Fée, que fais-tu?

Il était une fois
Une fée fainéante
Qui jamais n'avait fait
La moindre féerie.

Elle préférait flâner
Ou regarder des films
En savourant des flans
Du lundi au samedi.

Et pendant ce temps-là
Oh là là ! oh là là !
C'est à vau-l'eau que tout va.
Les méchants n'en font qu'à leur tête
Il faudrait leur donner
Un bon coup de baguette.

Ah ! fée fainéante
Qui ne fait rien de ses dix doigts.
Si tu faisais ce que tu dois
La vie serait moins éprouvante.
Faut-il te le dire
Quarante fois ?

Falote a décidé de se rendre utile en préparant un gâteau au chocolat.

Quel objet n'a pas sa place dans la cuisine ?

Saurais-tu imiter le cri de ces animaux ?

Réponses :

- La brosse à cheveux.
- La chèvre béguète (bê bê), le chien aboie (waou waou) et la grenouille coasse (coa coa).

Dès qu'elle voit un nuage,
Follette met une croix
dans son carnet.

Compte les nuages et aide-la à retrouver son carnet.

Sur combien de nénuphars les grenouilles doivent-elles sauter pour traverser le lac ?

Attention, les fleurs doivent être de la même couleur que leur ruban.

Réponses :
- Le bon carnet est celui du milieu (5 nuages).
- La grenouille en rose : 3, celle en bleu : 5 et celle en orange : 4.

Fées des airs

Matériel

- 3 boules de cotillon • peinture • pinceau • feutre bleu fin • papiers de couleur • ciseaux • colle blanche • perles • calque • crayon • papiers brillants de couleur • fil doré • fils de coton de couleur • règle • fil de fer • pince • fil de Nylon

(voir patrons page 189)

1 Pour chaque fée, peins le visage et les cheveux sur une boule de cotillon. Laisse sécher. Dessine les yeux et la bouche au feutre.

2 Dessine et découpe les mèches dans le papier marron. Frange-les et colle-les. Colle une perle de rocaille pour le nez.

3 Décalque et reporte le patron de la robe sur le papier. Découpe-la, forme le cône et colle-le. Fixe la tête.

4 Coupe des petits carrés dans du papier brillant. Colle-les sur la robe. Encolle le haut et enroule du fil doré.

5 Décalque le patron des ailes et découpe-les. Colle-les.

6 Coupe quatre fils de coton de 4 cm. Coupe les pieds dans du papier et colle-les. Noue des perles pour les mains. Colle les bras et les jambes.

7 Coupe le fil de fer et forme une spirale. Fais un nœud à une extrémité. Noue du fil de Nylon autour du cou des fées et accroche-les à la spirale.

CLOTILDE CACHEUX

Bout de chou, tête de chou !

ILLUSTRÉ PAR CHRISTOPHE BONCENS

Sous le cinquième chêne du plus grand bois du monde,
à mille pas du plus grand océan, habitent des êtres
hauts comme trois pommes : les gnomes.
Barnabé, le plus petit, a les joues tendres
comme les choux que cuisine sa maman gnome.
Voilà pourquoi on le surnomme
Bout de chou.

Un jour, Bout de chou demande à sa maman :
– Dis, je peux garder le trésor de l'arbre ?
– Non, Bout de chou. Tu es encore trop petit,
tu ne peux pas. C'est écrit dans le livre des gnomes.
Son grand frère ricane :

– Espèce de tête de chou,
tu n'es bon qu'à garder les poux !

Bout de chou a un petit défaut : il croit tout ce qu'on lui dit.
Une petite voix chuchote dans sa tête :
– Bout de chou, tête de chou, tu n'es bon qu'à garder les poux !
Bout de chou, tête de chou, tu ne vaux pas un clou !

Chaque jour, la petite voix répète un peu plus fort son méchant refrain. Bout de chou l'écoute tant et si bien qu'il ne s'aime plus du tout.

Son amie Babouche, la gnomette, n'y comprend rien du tout.
Bout de chou fait la tête, Bout de chou fait la moue.
Il râle, il boude, un point, c'est tout.
– Bout de chou, tu viens, on joue au loup ?
Mais Bout de chou s'éloigne en criant :
– Ne m'appelle plus jamais Bout de chou.
Mon nom, c'est Barnabé.
En plus, j'aime pas jouer au loup.

Babouche est triste, mais elle comprend
que Bout de chou est malheureux comme tout.
– Tu vas continuer à faire la tête ?
– Tant que j'aurai cette tête de chou
et que je ne serai bon qu'à garder les poux, ronchonne-t-il.
– Qui t'a mis cette idée dans la tête ? Suis-moi.
Tu vas voir ce que tu vas voir.

Babouche entraîne Bout de chou dans les racines du treizième arbre, chez Tête en l'air. En un éclair, le gnome savant comprend que Bout de chou ne s'aime pas du tout. Il lui montre une énorme machine d'où sortent des poulies, des manettes, des roues et des tuyaux.

– Bout de chou, je te présente la machine à s'aimer.

Bout de chou qui ne s'aime pas du tout se précipite dans la machine.
Tête en l'air actionne une manette. Les poulies grincent, la machine fume.
Tout à coup, Bout de chou se sent très différent.
Lui qui déteste les légumes, il a soudain
une terrible envie de carottes.

La machine s'arrête. Bout de chou bondit dehors.
Tête en l'air lui tend un miroir. Et là, que voit-il ?

Un petit lapin qui fait trois petites crottes.

– Non, non, non, j'aime pas les grandes oreilles !
s'écrie Bout de chou.
– Saperlipopette, je me suis trompé de manette !
s'exclame Tête en l'air.

C'est reparti pour un tour. La machine tremble,
la machine hurle. Bout de chou se sent mou.
Il a tout à coup l'impression d'être couvert de pustules.
Et pour sortir de la machine, c'est toute une histoire.

Quand il se voit enfin dans le miroir, il se met en colère :
– Ah ça non, je ne suis pas un champignon.
Je ne veux pas finir sauté à la casserole !
– Saperlipopette, je me suis trompé de manette !
s'esclaffe Tête en l'air.

Bout de chou se traîne dans la machine. Le moteur ronfle, le moteur gronde. Bout de chou est secoué de la tête aux pieds. Mais, c'est curieux, il se sent bien, il se sent mieux. À peine sorti de la machine, il demande à Babouche :

– Que penses-tu de ma nouvelle tête ?

– **Elle est très chouette, foi de gnomette.**

Bout de chou se regarde dans le miroir. Et là, que voit-il ?
Sa bonne bouille de Bout de chou. Il éclate de rire :
– Parole de gnome, je ne suis pas mal après tout.
C'est décidé, désormais, je ferai marcher ma tête
de gnome avant de croire tout ce qu'on me dit.

Secret de gnome

Bonnet rouge sur la tête
Petit nez et grosses pommettes
Ils habitent sous la terre
Sous les chênes, sous les hêtres.
Ils sont hauts comme trois pommes
Ce sont des petits bonhommes.
Ils ont l'air de petits mômes
Mais ce sont des gnomes
Des gardiens de trésor
Rubis, émeraudes, argent et or.
Chut, c'est un secret
Que personne ne connaît !

Pourquoi fais-tu la tête?

Bout de chou, tête de chou
Mais pourquoi fais-tu la tête ?
Mais pourquoi fais-tu la moue ?
Tu râles, tu boudes
Tu veux pas jouer au loup.
Tu veux pas, un point c'est tout !
Mais si tu nous disais à nous
Pourquoi ça va pas du tout.
Mais si tu nous disais tout
Ça te ferait un bien fou !

On a fouillé dans le coffre.

Compte le nombre de colliers et de bracelets qui sont par terre.

En quoi Tête en l'air a-t-il transformé Bout de chou ?

Réponses :
- 2 colliers et 2 bracelets.
- En lapin.

Babouche
a dessiné une marelle,
mais des chiffres
ont été effacés.

Lesquels ?

Oh, les gros gourmands !

Devine qui a mangé une glace au chocolat, à la fraise, à la pistache.

Réponses :
- 3 et 7.
- Le 1er gnome a mangé la glace au chocolat, le 2e, celle à la pistache, et le 3e, celle à la fraise.

Portrait de gnome

Matériel

• carton • règle • crayon • ciseaux ronds et pointus • papier de soie bleu • colle blanche • feutre noir épais • calque • papiers de couleur • pastels gras de couleur • toile de jute • fils de coton de couleur (voir patrons page 190)

1 Avec l'aide d'un adulte, coupe un rectangle de carton de 20 x 25 cm et un autre plus grand dans le papier de soie.

2 Froisse le papier de soie. Encolle le carton, puis applique le papier dessus. Colle les rabats derrière. Laisse sécher.

3 Décalque le patron du gnome et découpe-le. Centre-le sur le carton et trace son contour au feutre.

4 Décalque et reporte les patrons sur les papiers de couleur. Découpe-les et colle-les. Trace au feutre les traits du visage et colorie-le au pastel. Colorie le chapeau et le vêtement.

5 Coupe le pompon et les bandes. Coupe un morceau de toile de jute et quatre fils de coton jaune. Colle tous ces éléments.

6 Retrace au feutre les contours. Dessine un cadre vert au pastel. Coupe un fil de coton vert. Demande à un adulte de faire deux trous en haut du cadre pour le suspendre.

BÉATRICE VIAL-COLLET

Zébo, le zèbre

ILLUSTRÉ PAR FLORIANE VACHER

Grozogre n'en revient pas : un troupeau de zèbres ose s'aventurer chez lui. Lui, l'ogre féroce et gourmand qui adore le zèbre...

oui, mais dans son assiette !

Le plus jeune, Zébo, s'arrête devant l'échelle appuyée contre un pommier et, le croirez-vous, il commence à grimper pour cueillir une pomme.

Quelle audace !

Cueillir des pommes, ici, dans son jardin.

Les zèbres, moqueurs,
lui lancent un défi :
– Zébo, regarde la pomme rouge qui brille là-haut sur la dernière branche. Attrape-la !

Sans se démonter, Zébo le zèbre se met à monter.
Les autres applaudissent et Zébo grimpe, grimpe...
mais n'arrive pas à attraper la pomme. Car il a beau aller plus haut, la pomme rouge est toujours aussi haut.
C'est la petite pomme qui monte, qui monte, qui monte...

L'ogre n'en croit pas ses yeux. Tout en se léchant les babines, il se demande pourquoi le zèbre se donne tout ce mal.

Zébo commence à s'essouffler.
Alors la troupe l'encourage.
– Allez, Zébo, continue ! Monte !
Allez, Zébo, compte !
Encore une marche, et deux, et trois !
Évidemment, Zébo le zèbre n'aime pas du tout compter, alors il dit n'importe quoi.
– Et sept, et douze, et cinq !
Mais les zèbres ne le laissent pas faire.
– Zébo ! Que nous contes-tu là ?
Applique-toi !

Zébo le zèbre reprend son escalade
en se concentrant,
car le vertige le gagne.
Il dépasse maintenant les arbres
et bientôt les nuages.
Plus d'oiseaux,
plus d'insectes.

Heureusement,
ses frères tout
en bas le soutiennent.
Ils comptent tous
avec Zébo :
– Trente, trente et un...
trente-cinq.

Fier et courageux,
Zébo ne veut pas
les décevoir et continue de monter.

Grozogre est muet de stupéfaction.
Que le zèbre grimpe à l'arbre, passe encore,
mais qu'il monte au-dessus des nuages,
rendez-vous compte !

Zébo croit enfin attraper la pomme rouge
du bout de son sabot...
quand, soudain, crac !
sa salopette se déchire
et il se retrouve tout nu,
tout blanc.

– Zut ! dit Zébo, de quoi
ai-je l'air ainsi dévêtu !
– Ne t'inquiète pas,
le consolent les zèbres,
tu es très original comme ça...
Oui, Zébo, tu es le plus beau.

Pour l'encourager, ils crient :
– C'est la petite pomme qui monte, qui monte, qui monte…
Ce qui, vous en conviendrez, peut énerver.
– C'est la petite pomme qui monte, qui monte, qui monte…

Captivés par l'ascension de Zébo,
les zèbres ont oublié l'ogre.
Derrière sa fenêtre, il a tout vu.
Cela fait bien longtemps qu'il ne s'est pas autant amusé.

Les zèbres ne savent plus quoi inventer.
L'un d'eux lance : - Pirouette, cacahouète !
Et cela n'a aucune raison d'être, même si le zèbre
haut perché raffole des cacahouètes.
- Pirouette, cacahouète ! Pirouette, cacahouète ! répètent-ils en chœur.
Et la pomme tombe dans les sabots de Zébo.
- Enfin, ce n'est pas trop tôt !
Alors Zébo dézébré redescend de l'échelle.

En bas du pommier, on admire la belle pomme rouge. La troupe félicite son héros, lui tape sur l'épaule et, pour le réconforter, lui donne une orangeade. Puis Zébo, rouge de plaisir, fait un joli paquet cadeau. C'est à l'ogre, vous l'aurez compris, qu'il veut offrir la pomme.

Zébo se dirige vers la maison de l'ogre.
Tremblants, ses frères le suivent à distance.
– Faites-moi confiance, dit Zébo et il tend son cadeau à l'ogre.

Grozogre, ému et flatté, éclate de rire.
– Tu me plais, toi. Tu fais un drôle de zèbre !

Zébo triomphe.

Il avait bien dit aux zèbres terrorisés par l'ogre :
– Faisons-le rire et il ne nous mangera pas.
Il sera notre ami.
Entre nous, n'est-il pas beau, Zébo, en zèbre blanc ?

Et un, deuxe, trois... Zébo

Zébo sait pas compter.
Ses frères se moquent de lui.
Grozogre son ami
Lui dit : Je vais t'aider !
Pirouette, cacahouète !

Regarde, tu as un nez.
Et puis, tu as deuxe yeuxe.
Zébo, on va chanter
Tous les deuxe : Un et deuxe !
Pirouette, cacahouète !

Trois mèches de cheveuxe
Quatre pattes font deuxe plus deuxe.
Allez Zébo, tu peuxe :
Un, deuxe, trois, quatre, c'est mieuxe !
Pirouette, cacahouète !

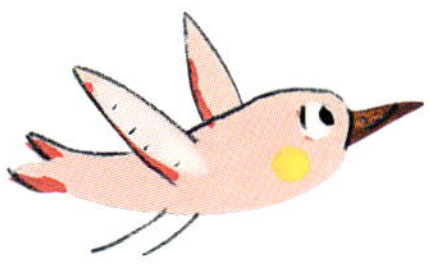

Les cinq doigts de ma main
Et plus un qui font six.
Tu vois, Zébo, ça vient :
Un, deux, trois, quatre, cinq, six !
Pirouette, cacahouète !

Zébo est fatigué !
Il veut une récré.
Et il monte au pommier.
Cette fois, il sait compter :
Un, deux, trois, quatre, cinq, six !
Pirouette, cacahouète !

Toutes les pommes sont tombées !
Grozogre veut les compter.
Tous les zèbres s'y mettent :
Deux, huit, onze, vingt-sept...
Pirouette, cacahouète !

Zébo a rapporté
du marché de jolis fruits.
Mais un zèbre, moqueur,
a glissé un légume
dans son panier.

Le vois-tu ?

Les zèbres
ont très faim.

Mais y a-t-il assez de pommes pour chacun d'eux ?

Réponses :
- C'est une carotte.
- Oui, il y a 4 pommes pour les 4 zèbres.

Reforme
les couples de zèbres
selon leurs rayures.
L'un d'entre eux
est tout seul.

Lequel ?

Grozogre
voudrait bien cueillir
cette belle pomme.

Quelle échelle doit-il choisir ?

Réponses :
- Le zèbre tacheté, au centre, est tout seul.
- La plus grande.

Mon beau Zébo

Matériel

• pâte à sel (voir recette page 187) • miroir rond de 11 cm de diamètre • cure-dents • peinture • pinceau • yeux mobiles • attache autocollante • colle blanche

1 Forme un boudin de pâte à sel pour le corps. Vérifie qu'il est suffisamment long en le posant sur le miroir. Humidifie les extrémités pour les souder.

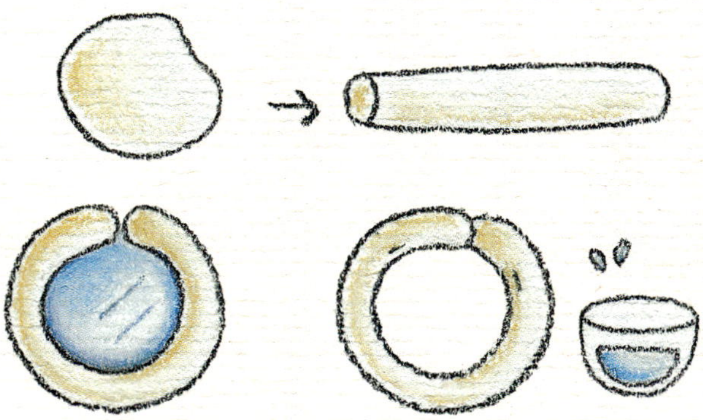

2 Modèle la tête, la crinière et les oreilles. Humidifie la pâte à sel avant de souder la tête, puis les autres éléments.

3 Forme les pattes. Enfonce des cure-dents dedans, humidifie-les et soude-les au corps.

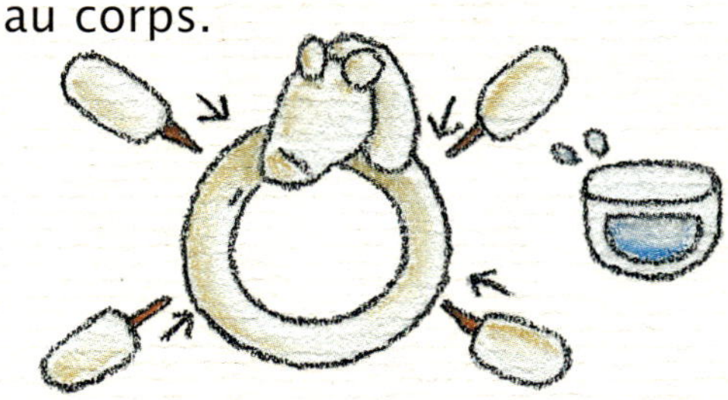

4 Demande à un adulte de mettre Zébo au four 30 min à 70 °C, puis 30 min à 100 °C. Sors-le du four et laisse-le refroidir.

5 Peins le zèbre entièrement en blanc. Laisse sécher, puis peins les rayures noires et les détails de la tête. Laisse sécher. Colle les yeux.

6 Fixe l'attache au dos du miroir, puis colle Zébo.

NATHALIE FILLION

Le bout du nez du sphinx

ILLUSTRÉ PAR SANDY MOUREAU

Un jour de soleil, sur les bords du Nil, vient au monde un sphinx, un tout petit sphinx. Doux comme un lionceau, sérieux comme un homme, ce petit sphinx-là, dès ses premiers mots, s'étonne :

– Où suis-je ?

– Au royaume de Râ, ronronne sa mère.

– C'est qui Râ ?

– Le soleil roi.

– Soleil roi ? C'est quoi ?

– Sois poli. C'est qui.

– C'est quoi qui maman ?
– Quoi qui quoi ? Mais c'est lui !
Lui qui luit là-haut,
te réchauffe les os !

Oh, mais dis donc, petit sphinx,
tu poses trop de questions.
Demain, on ira voir ton père dans le désert.
Il t'expliquera toutes les énigmes,
te dévoilera tous les mystères.
En attendant, va voir le Nil.
Et attention où tu mets les pieds.
Ne te casse pas le bout du nez.

Doux comme un lionceau, sérieux comme un homme,
le petit sphinx s'éloigne vers le fleuve et s'étonne :
« C'est quoi cette histoire de bout du nez ? C'est qui le Nil ? »

Au bord du fleuve, le petit sphinx s'assoit, impassible.
Là, deux drôles d'animaux s'ébrouent dans la boue.
– Salut à vous. Je suis un petit sphinx.
J'ai plein de questions à poser.

Qui êtes-vous ? Que faites-vous ?

– Je suis l'ibis, oiseau sacré.
Je prends mon bain de pied, toujours de profil.
– Je suis le crocodile. Et je baille, je baille ! toujours de profil.
Allez petit sphinx, une dernière question.
Les deux premières étaient trop faciles.

– C'est quoi cette histoire de bout du nez ? Et c'est qui le Nil ?

– C'est qui le Nil ? répète l'ibis moqueur.

– C'est qui le Nil ? s'étrangle de rire le crocodile.

– Tu es un sphinx ou pas ?
Alors devine ! s'esclaffe l'ibis.
– Et si tu ne trouves pas,
donne ta langue à ton papa !
Il ronfle au pied des pyramides !
Mais attention où tu mets les pieds.
Ne te casse pas le bout du nez ! explose le crocodile.

Vexé comme un lionceau, blessé comme un homme,
le petit sphinx, impassible, s'étonne :

« Pourquoi personne ne répond à mes questions ?
C'est quoi cette histoire de bout du nez ? C'est qui le Nil ? »

– C'est moi, lui dit le fleuve.
– C'est toi ? J'ai plein de questions à poser. Tu vas répondre ?
– Si elles ne sont pas trop difficiles, glisse le Nil.
Et vite, je suis pressé.

– Tu vas où comme ça le Nil ?

– Dans la mer. Loin d'ici.

– Et pourquoi ?

– Parce que je coule et coule, comme tu vois.

– Pourquoi tu coules et coules comme ça ?

– Parce que ça me plaît.

– Mais pourquoi ?

– Pourquoi quoi petit sphinx ? Je suis un fleuve impatient, gronde le Nil Je dois vite, vite, continuer de couler. Pose ta dernière question.

– C'est quoi cette histoire de bout du nez ?
Et pourquoi j'ai toujours une question à poser ?

– Parce que tu es un petit sphinx.
Inquiet comme un lion, curieux comme un homme.
Adieu ! Je file, je suis pressé.

Harassé comme un lion, épuisé comme un homme,
le petit sphinx s'en retourne et s'étonne :
« Pourquoi j'ai encore tant de questions à poser ? »

Et tout chancelant, il s'effondre en baillant dans les pattes de sa mère :

– **Maman, je peux poser une dernière question ?**

– La toute dernière alors.

– **Où est mon père ?**

– Là-bas. Regarde-le, il te fait signe. Au pied des pyramides. Il te dit à demain.

Et juste avant de fermer les paupières, tandis que Râ, le soleil roi, rouge comme un feu, salue bien bas, le petit sphinx voit, comme une énigme au loin, son père, sur son lit de pierres, qui scrute le désert, un bout de nez en moins.

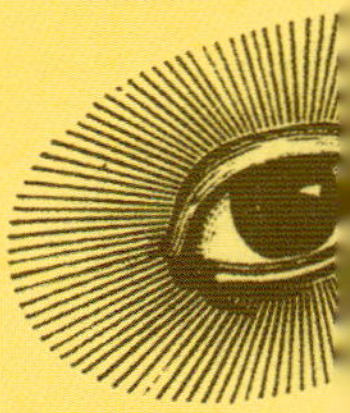

Tête d'homme et cœur de lion

Sphinx ! Sphinx !
Dis-moi ! Dis-moi !
Pyramides et pharaons
Tête d'homme et cœur de lion
À quoi rêves-tu sur ton lit de pierres ?

Sphinx ! Sphinx !
Dis-moi ! Dis-moi !
Les énigmes et les mystères
Griffes de lion et sourire d'homme
Qu'as-tu vu dans ton désert ?

En voulant percer ton secret
J'ai trébuché sur une pierre
Et je me suis cassé le nez !

Pourquoi les nuages blancs ?

Pourquoi les nuages blancs ? crie l'oiseau bleu.
Parce que le ciel est bleu, souffle le vent.

Pourquoi le ciel est bleu ? chuchote l'eau.
Parce que le soleil brille, dit le printemps.

Pourquoi le soleil brille ? demande l'enfant.
Pour faire parler les gens, dit le sphinx en riant.

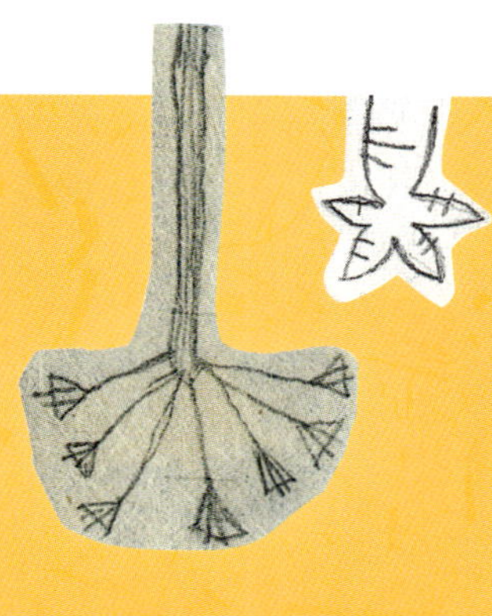

Dans l'histoire, le petit sphinx est sérieux comme un homme et **doux comme…**

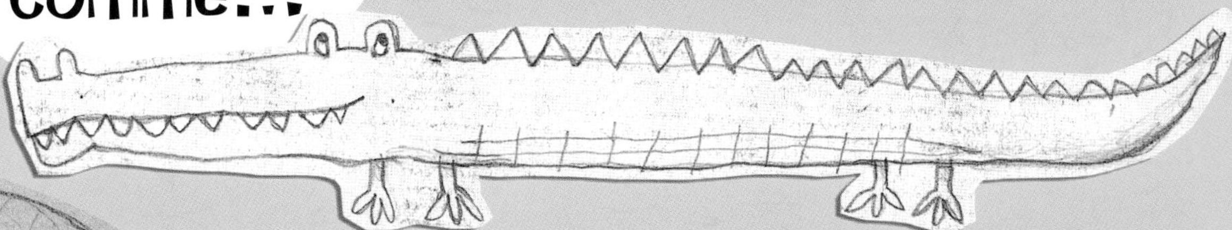

1

2

3

4

5

Classe les pyramides de la plus petite à la plus grande.

Réponses :
- Un lionceau.
- De la plus petite à la plus grande : 5, 2, 3, 1 et 4.

Qui est le papa du petit sphinx ?

Aide le petit sphinx à trouver son chemin

pour sortir du labyrinthe.

Réponses :

- Son papa est en bas : il a le nez cassé !
- La sortie est en bas.

Sphinx masqué

Matériel

• ciseaux ronds et pointus • carton • crayon • peinture • pinceau • cutter • calque • colle blanche • pastel rouge • élastique (voir patron page 188)

1 Photocopie le patron du sphinx et découpe-le. Pose-le sur le carton et trace son contour au crayon. Demande à un adulte de découper le carton.

2 Peins le masque en orange. Laisse sécher. Dessine au crayon les traits du visage. Peins des lignes blanches pour la coiffure.

3 Demande à un adulte de découper les yeux et le nez au cutter.

4 Coupe des bandes de calque. Colle-les autour du visage et égalise aux ciseaux.

5 Dessine la bouche, les joues et les oreilles au pastel.

6 Demande à un adulte de faire un trou dans chaque oreille. Noue l'élastique de chaque côté.

STÉPHANIE TESSON

Un troll en ville

ILLUSTRÉ PAR ALEXIS NESME

Dans le bois de Zapatouche habitait une famille de trolls. Les trolls, ça vous dit quelque chose ? Ces minuscules créatures qui peuplent les forêts. Ils s'habillent d'une feuille d'arbre et se nourrissent de baies sauvages. Pour eux, une groseille a la taille d'un sanglier et la moindre des abeilles est un avion à réaction.

Donc, à Zapatouche, dans le tronc d'un vieux chêne, avaient élu domicile un papa troll, une maman troll et leurs sept enfants, qui avaient entre cent et deux cents ans.
Ah oui, il faut vous dire que les trolls vivent en moyenne mille et un ans.
Certains ont peut-être connu vos arrière-arrière-grands-parents !
Étonnant, non ?

La vie était plutôt douce
dans le bois de Zapatouche.
On cueillait des airelles.
On jouait au cerf-volant avec les coccinelles.
On faisait des batailles de boules de gui.
Et on chantait des ritournelles
sous la lune de minuit.

Jusqu'au jour où...

– Matroll !
(C'est ainsi que les trolls appellent leur maman.)
Matroll, qu'est-ce que c'est que ça ?

– Saperlotte, mon p'tit Fürti, éloigne-toi de ce trou !

– Il va où, ce trou, Matroll ?

– À l'autre bout de la Terre.

– C'est comment à l'autre bout ?

– C'est moins bien qu'ici, crois-moi !

Mais le jeune troll Fürti
ne l'entendait pas de cette oreille.
Il s'approcha du trou interdit...
Encore un peu...
Encore un pas...
Juste pour voir et...
Aaaaaaah !
Il y tomba.

Longtemps, longtemps, il glissa
le long d'une paroi sombre...
Enfin, il s'arrêta.
– Où suis-je ?
Pauvre Fürti ! Tout étourdi,
il repensait aux paroles de Matroll.
« Ça doit être ici l'autre bout de la Terre. »
Au-dessus brillait une faible lueur.
Fürti se mit à ramper dans le noir...
et sortit enfin la tête du trou.

Tut ! Tut ! Vroummm ! Allô ! Allô ! Bip ! Bip !
Quel vacarme épouvantable !
– Attention ! Vous pouvez pas regarder où vous mettez les pieds, non ?
– Excusez-moi, je ne vous avais pas vu !

Fürti se sentit soudain enlevé par une énorme main.
Oups ! Il devait être à des kilomètres du sol.
– Vous... vous êtes un géant ?
– Non, je suis un homme.
Le troll éclata de rire.
– Ah ! Ah ! Ah !
Les hommes, ça fait longtemps
qu'ils n'existent plus !

On disait chez lui
qu'ils avaient disparu
un jour sans laisser
de traces.

– Et toi, qui es-tu ?
– Je suis le troll Fürti.
Cette fois-ci, c'est le géant qui ricana.
– **Un troll, mais ça n'existe pas !**
Vexé, Fürti répliqua :
– Il y en a plein de l'autre côté de la Terre, dans le bois de Zapatouche.
– Zapatouche ? C'est de l'autre côté de l'autoroute ! À peine à deux kilomètres...

Ça alors ! Et lui qui croyait avoir traversé la planète !
Depuis la main du géant, il voyait une foule d'autres géants s'agiter.
Des bolides bruyants semblables à des scarabées sur roues fendaient l'air.
Tout était gris. Pas un arbre n'osait s'aventurer ici.

– Je veux rentrer !

Fürti commençait à regretter son aventure.

– C'est vrai, Fürti, le monde des humains n'est pas fait pour les trolls. Je vais te ramener chez toi.

– Alors, tu crois aux trolls, maintenant ?

– Oui, si tu crois aux humains !

Vous l'avez bien compris, vous...
Ce que Fürti avait pris pour l'autre côté de la Terre, c'était une ville. Et le trou interdit s'appelait un égout.
Et maintenant, il voyageait dans une voiture.
Quelle imagination, ces humains !
Heureusement qu'ils n'avaient pas disparu !
– Au revoir, Benjamin !

De retour chez lui, Fürti boucha le trou interdit avec des branches empruntées au vieux chêne.

Quant à Benjamin, il garda pour lui sa rencontre avec le troll.
Mais, quand il va ramasser des champignons au bois de Zapatouche, il regarde toujours où il pose les pieds.

Saisons de troll

Printemps ! Printemps !
C'est la fête !
Oiseaux chantants
Pâquerettes
Troll par-ci
Troll par-là
Cerises à qui les cueill'ra !

Été ! Été !
C'est la fête !
Gourmands goûters
Galipettes
Troll par-ci
Troll par-là
Soleil, ne t'échappe pas !

Automne ! Automne !
C'est la fête
Il pleut des tonnes
De noisettes
Troll par-ci
Troll par-là
Des colchiques plein les bras !

Hiver ! Hiver !
Tout s'arrête
Flocons dans l'air
Le froid guette
Troll au lit
Tralala
Jusqu'au Printemps dormira...

Faut pas s'énerver !
Il y a de la place
pour tout le monde !

Aide chaque conducteur à se garer.

Fürti est perdu.

Quel égout doit-il emprunter pour retourner chez lui ?

Réponses :

- Le 1er véhicule se gare en haut, le 2e, en bas, et le 3e, au milieu.
- Le 2e égout.

Les cerfs-volants ne peuvent plus voler !

Aide Fürti à chercher **le morceau manquant** à chacun d'eux.

Vrai ou faux ?

- Les trolls vivent dans la forêt.
- Les voitures roulent sur trois roues.
- Les champignons poussent dans des boîtes.
- Il y a des dinosaures dans les égouts.

Réponses :
- L'étoile manque au cerf-volant 1, le triangle, au 2, le rond, au 3, et le carré au 4.
- Vrai, faux, faux, faux.

Troll en quille

Matériel

• bristol • crayon • ciseaux • peinture • pinceau • boule de polystyrène de 8 cm de diamètre • brochette en bois • petite bouteille de lait • feutrines de couleur • colle blanche • grands yeux mobiles • feutre noir indélébile (voir patron page 188)

1 Sur du bristol, dessine le nez, la bouche, les joues, les oreilles et les bras. Découpe-les.

2 Peins ces éléments, la boule piquée sur la brochette et la bouteille. Laisse sécher.

3 Photocopie le patron du bonnet et découpe-le. Pose-le sur la feutrine et trace son contour au feutre. Découpe le bonnet. Peins-le.

4 Dessine et découpe deux feuilles dans la feutrine vert foncé. Coupe des bandes vert clair et colle-les.

5 Colle les yeux, puis le nez, la bouche, les joues et les oreilles. Dessine les cheveux et les sourcils au feutre.

6 Forme le cône du bonnet et colle-le. Fixe-le sur la tête. Colle la tête, les bras et les feuilles sur la bouteille.

Petits conseils pour les activités

Le matériel

Le matériel utilisé est varié et peu coûteux. Il se trouve facilement dans les magasins de loisirs créatifs, les papeteries ou les grandes surfaces. On peut aussi récupérer des matériaux. Certaines activités nécessitent l'emploi de ciseaux pointus ou d'un cutter, voire l'utilisation d'un four ménager. L'intervention d'un adulte est alors nécessaire.

Les colles

La plupart des bricolages sont réalisés avec de la colle blanche vinylique. Il est important de toujours bien laisser sécher la colle avant de passer à l'étape suivante.

La peinture

La gouache est particulièrement adaptée aux enfants. Cependant, sur des supports comme la pâte à sel ou la pâte autodurcissante, l'acrylique s'applique mieux et donne de meilleurs résultats.

Comment reporter un patron

1 Pose un calque sur le modèle à reproduire. Trace le contour par transparence au crayon ou au feutre fin.

2 Découpe le calque à l'aide de ciseaux ronds en procédant délicatement pour les détails.

3 Pose ce patron sur le support choisi. Trace le contour avec un crayon ou un feutre. Découpe si nécessaire le support en suivant le tracé.

Les patrons (pages 188-191) doivent parfois être agrandis à la photocopieuse. Inutile alors de les décalquer : découpe-les directement dans la photocopie.

Pâte à sel

Petits conseils

Ingrédients

• 2 verres de farine • 1 verre de sel fin • 1/2 verre d'eau • saladier • cuiller • papier aluminium

La pâte

Verse dans un saladier la farine et le sel. Ajoute l'eau petit à petit en remuant jusqu'à obtenir une pâte ferme et souple.
Si la pâte est trop collante, ajoute un peu de farine. Si elle s'émiette, ajoute de l'eau en très petite quantité.

Modeler

Des boules et des boulettes
Roule bien la pâte entre les mains et elle s'arrondira peu à peu.

Des boudins
Forme une boule, puis roule-la sur la table avec les mains.

Assembler

Soude les éléments avec de l'eau. Applique l'eau sur les parties à assembler avec le bout des doigts.

Cuire

Pose le modèle sur la plaque du four recouverte de papier aluminium. Demande à un adulte de le faire cuire à four doux en suivant les indications données pour le modèle.

Peindre

Peins le modèle à la gouache ou à l'acrylique. Utilise un pinceau large pour le fond et un autre, plus fin, pour les détails. Laisse sécher entre deux couches.
Tu peux appliquer du vernis une fois la peinture sèche.
Il permettra de mieux conserver ta réalisation.

Pâte autodurcissante

Cette pâte se modèle comme la pâte à sel. Elle présente l'avantage de durcir sans cuisson. Soude les éléments avec un peu d'eau ou de la colle blanche.
Laisse durcir avant de peindre.

Pâte Fimo

À la différence des deux autres, cette pâte colorée se cuit au four ménager à 130 °C. Demande de l'aide à un adulte. Les éléments s'assemblent en pressant très légèrement dessus.

Patrons

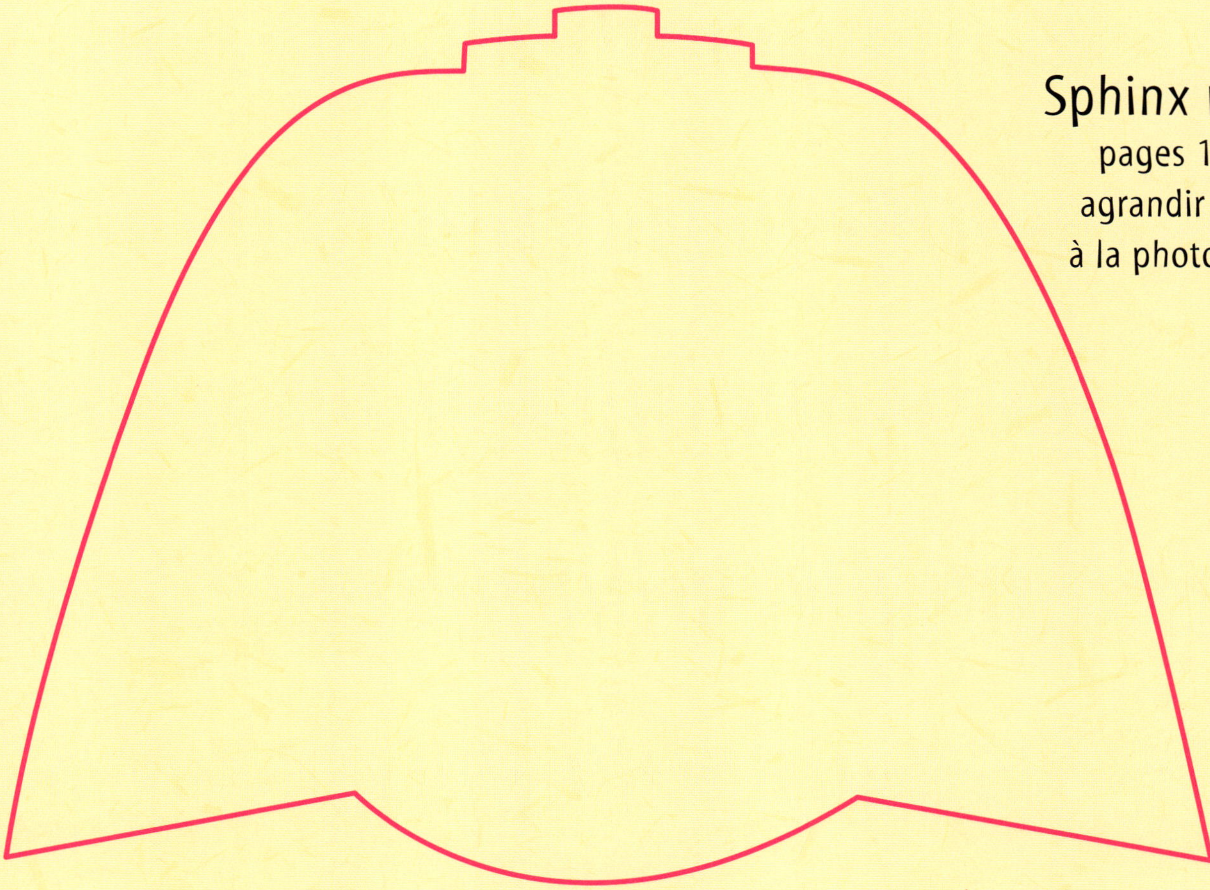

Sphinx masqué

pages 166-167
agrandir à 200 %
à la photocopieuse

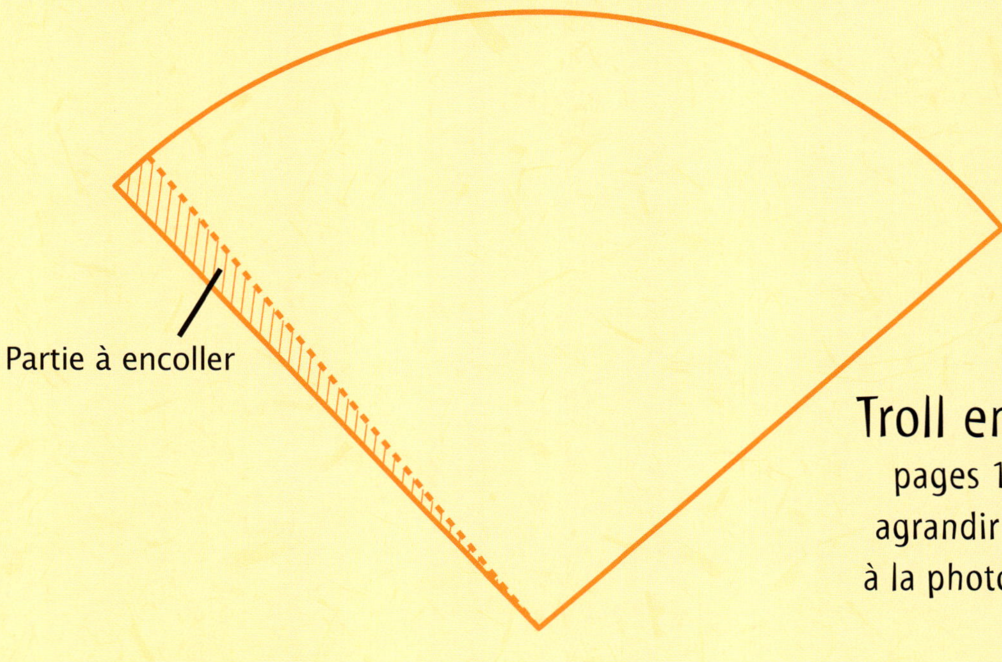

Troll en quille

pages 184-185
agrandir à 200 %
à la photocopieuse

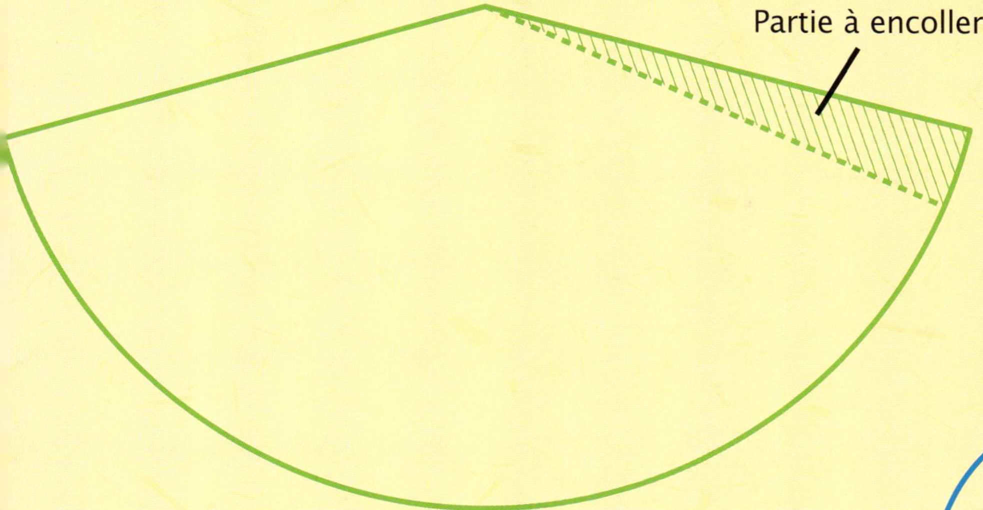

Fées des airs

pages 112-113
reporter sans agrandir

Dra'gant

pages 76-77
agrandir à 200 %
à la photocopieuse

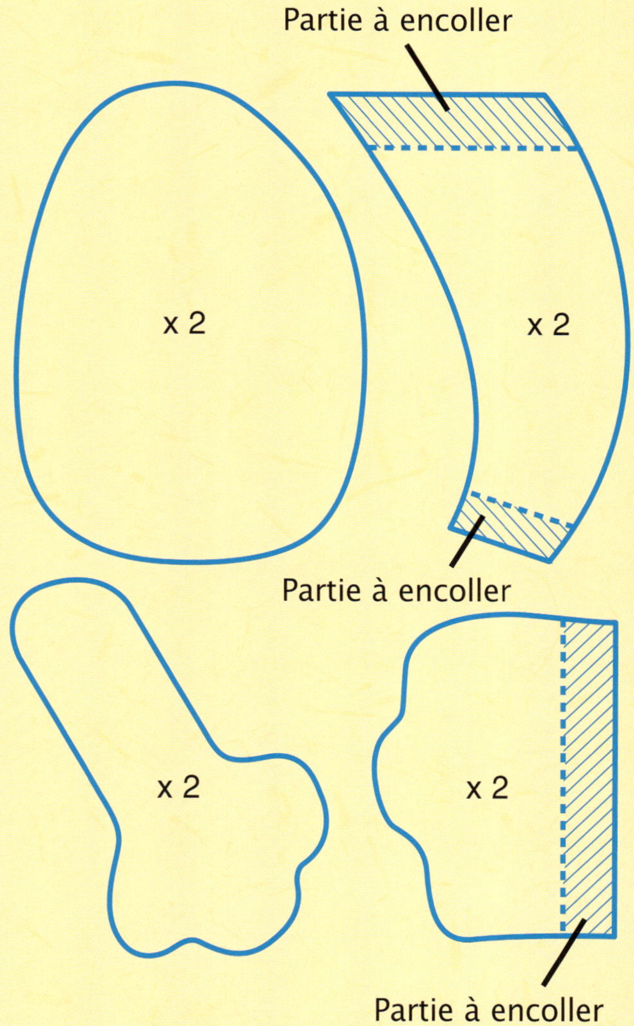

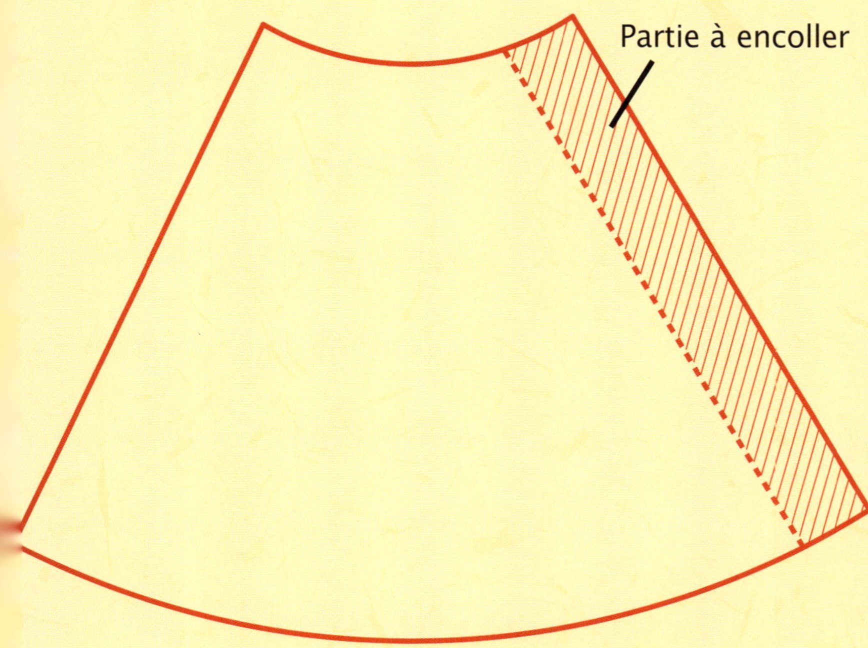

Lutin clochette

pages 22-23
reporter sans agrandir

Portrait de gnome

pages 130-131

reporter sans agrandir

Puzzle de Dodine

pages 58-59
reporter sans agrandir

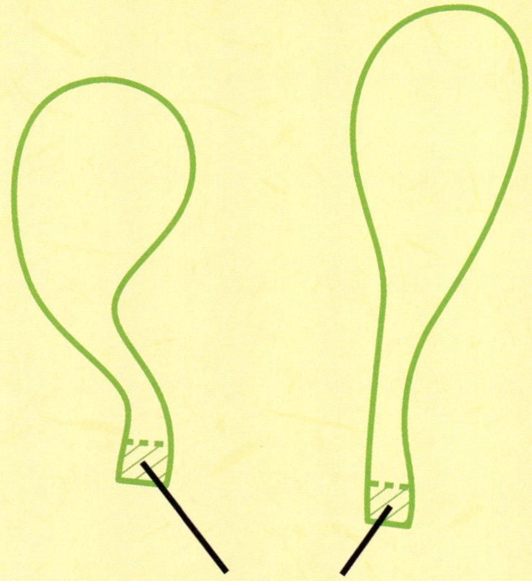

Double Pointe en mousse

pages 40-41
reporter sans agrandir

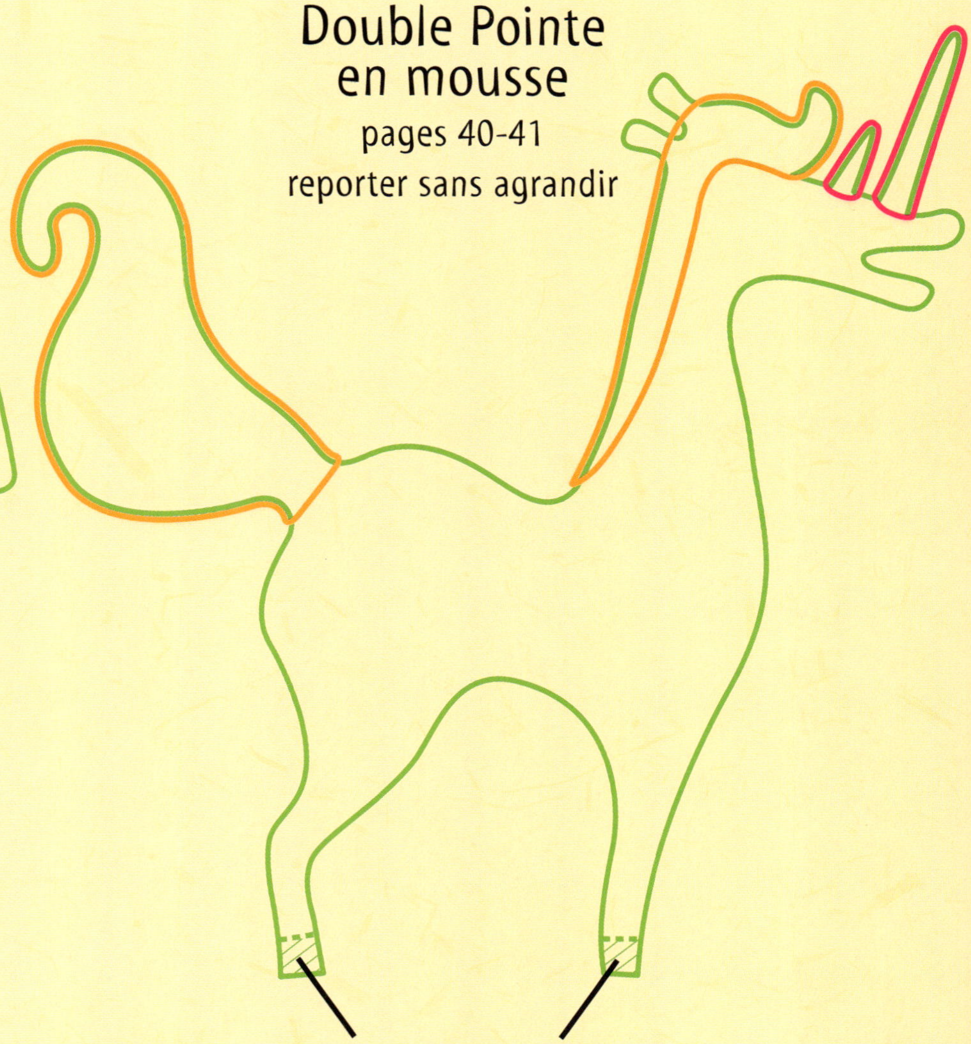

Illustration de la couverture : Christophe Boncens
Conception du logotype de la collection : Delphine Durand
Réalisation des activités : Vanessa Lebailly
Illustrations des pages Activités et Petits conseils : Marie-Laure Viney
Réalisation des patrons : Laurent Blondel
Rédaction de devinettes : Marie-Claire Schroeder
Photographies : Sylvie Vernichon
Conception graphique : Viviane Roch
Mise en page : Christine Moubinous pour Fujiyama
Direction éditoriale : Christophe Savouré
Édition : Laurence Alvado et Bénédicte Bortoli
Direction artistique : Laurent Quellet assisté de Félicie Cogan
Fabrication : Florence Bellot

Dépôt légal : novembre 2004
ISBN 10 : 2-215-07669-0
ISBN 13 : 978-2-215-07669-8
2e édition - n° 92613 - septembre 2006

Photogravure : Dawant-Fossard
Imprimé en Espagne par Gráficas Estella

Loi n° 49-956 du 16 juillet 1949 sur les publications destinées à la jeunesse

15/27, rue Moussorgski
75895 Paris Cedex 18